GUÍA DE LECTURA

Escrita por Isabelle De Meese
Traducida por Tamara Montes Blanco

Un viejo que leía novelas de amor

de Luis Sepúlveda

Entiende fácilmente la literatura con

ResumenExpress.com

www.resumenexpress.com

LUIS SEPÚLVEDA

ESCRITOR CHILENO

- **Nacido en 1949 en Ovalle (Chile)**
- **Algunas de sus obras:**
  - *Mundo del fin del mundo* (1991), novela
  - *Un viejo que leía novelas de amor* (1989), novela
  - *Historia de una gaviota y del gato que le enseñó a volar* (1996), cuento

Luis Sepúlveda, nacido en 1949 en Chile, es un escritor comprometido. Desde su juventud, se opone al régimen de Pinochet, lo que le cuesta la prisión y después el exilio. Entonces viaja por América del Sur y durante un año vive con los indios shuar, compartiendo su día a día para estudiar el impacto de la colonización sobre ellos.

Su obra, especialmente *Mundo del fin del mundo* (1991) y *Un viejo que leía novelas de amor* (1989), está ampliamente incluida en la línea de su compromiso político y ecológico. En la actualidad, Luis Sepúlveda vive en España y milita en la Federación Internacional de Derechos Humanos.

UN VIEJO QUE LEÍA NOVELAS DE AMOR

UNA NOVELA QUE SE IMPLICA

- **Género:** novela
- **Edición de referencia:** Sepúlveda, Luis. 2007. *Un viejo que leía novelas de amor.* Barcelona: Tusquets
- **Primera edición:** 1989
- **Temáticas:** lectura, naturaleza, depredador, muerte, cultura extranjera

Un viejo que leía novelas de amor, publicada en 1989, es la primera novela de Luis Sepúlveda, por la cual recibió dos premios (France Culture Étranger y Relais du Roman d'Évasion). Esta obra traducida a 35 idiomas es un superventas.

La obra narra cómo Antonio José Bolívar Proaño persigue a un felino, puesto que sabe, como gran conocedor de la selva amazónica, que es el causante de la muerte de un gran número de hombres. Esta novela de renombre internacional es también un himno a la lectura.

RESUMEN

Un viejo que leía novelas de amor entremezcla el presente y el pasado, hecho que muestra un trabajo importante sobre el tiempo. Nosotros hemos escogido no seguir esta cronología en el resumen.

Antonio José Bolívar Proaño pasa su infancia en San Luis (Argentina). Ahí conoce a su mujer, Dolores. Se prometen con trece años y se casan dos años más tarde. Por desgracia, no consiguen tener hijos. Entonces deciden mudarse a El Idilio, un pueblecito perdido en la selva amazónica, para cambiar de aires. Ahí, se oficializa su condición de colonos a favor del plan de ocupación de la Amazonia. En su nueva tierra, construyen una cabaña.

Dos años más tarde, Dolores muere, a causa de la malaria. Antonio entra en cólera y sueña con vengarse de la Amazonia. Ahora bien, comienza a apreciar la libertad de esta región en la que ha conocido el infortunio. Por otro lado, aprende la lengua de los indios shuar y se convierte en uno de los suyos después de que un hechicero le cure de la mordedura mortal de un reptil a la que pocos sobreviven habitualmente.

Un día, cinco extranjeros entran en pánico con la llegada de los shuar, entonces disparan a dos indígenas antes de emprender la huida. Uno de ellos muere inmediatamente, mientras que el mejor amigo de Antonio, Nushiño, se encuentra entre la vida y la muerte. Puesto que les debe la vida, Bolívar persigue al blanco y lo mata con su fusil, lo que provoca que lo expulsen de la tribu por no haber ejecutado al hombre con un dardo de cerbatana envenenado, como marca la tradición.

Un tiempo después de que Bolívar vuelva al pueblo, dos funcionarios del Gobierno se presentan a las elecciones presidenciales. Solo las personas que saben leer son llamadas a votar. Entonces, Antonio hace un descubrimiento importante: sabe leer. Cuando llega la estación de las lluvias, por primera vez en su vida, Bolívar se siente solo: por eso, se dirige a El Dorado, donde Rubicondo Loachamín, un dentista contestatario, le presenta a la institutriz, que tiene una biblioteca. Durante cinco meses, hojea todo tipo de historias y descubre que tiene especial afición por las novelas de amor. A continuación, Loachamín, que va dos veces por año al pueblo aislado a bordo del Sucre, un barco cargado de provisiones, le abastecerá con libros cada vez que pase.

Antonio evoca la visita de cuatro estadounidenses. El alcalde designa a Bolívar como «el mejor conocedor de la amazonía» (Sepúlveda 2007, 86). Pero, tras haberlos conocido, Bolívar declara que no quiere tratar con gente irrespetuosa. El alcalde, orgulloso, se enfurece. Les recomienda otras personas a los gringos y tiene la intención de expulsar a Bolívar. Una semana más tarde, tres de los cuatro extranjeros están de vuelta: han matado a uno de ellos. Entonces, el alcalde le ofrece su amistad a Bolívar y le pide que recoja el cadáver. Sin dificultad, este cumple con su tarea para volver a encontrar la paz y dedicarse a su pasión, la lectura.

Poco tiempo después, en el muelle del puerto, los habitantes se instalan por turnos en el sillón reclinable del dentista.

Cuando la tripulación del Sucre está preparada para zarpar, los indios shuar llegan en canoa y anuncian que han encontrado a un gringo (un estadounidense) muerto, una noticia que aplaza el inicio de la travesía de la tripulación y del doctor.

El alcalde, nada más llegar al puerto, acusa a los shuar de haber asesinado al estadounidense a golpe de machete y los trata de «salvajes» (Sepúlveda 2007, 26). Ellos se defienden y Bolívar los apoya: tras haber examinado el cadáver, concluye que ha sido un animal adulto, más concretamente una hembra de ocelote, quien ha matado al hombre. El alcalde no quiere escuchar y Bolívar argumenta que, probablemente, el gringo mató a los cachorros e hirió al macho, tras lo cual la hembra, sin duda, se vengó. Advierte al alcalde de que «una tigrilla enloquecida de dolor es más peligrosa que veinte asesinos juntos» (Sepúlveda 2007, 30).

Más tarde, se repara en otra muerte. Esta vez, el alcalde cree a Bolívar y todo el pueblo empieza a temer al animal. Entonces, el alcalde da orden a Bolívar de preparar una expedición para el día siguiente con vistas a abatir al feroz depredador.

El primer día de la expedición, en plena tarde, las nubes comienzan a oscurecer la selva: Bolívar y el alcalde deciden detenerse. El segundo día, llegan al puesto de Miranda, que también ha sido asesinado por la bestia. Intuitivamente, el viejo explica a los demás lo que ha debido de suceder.

Por la noche, Antonio está leyendo; entonces, uno de los acompañantes se siente intrigado por esta actividad. Todos sus compañeros se despiertan, incluso el alcalde, y le piden que lea en voz alta. Mientras intercambian sus impresiones, el viejo les avisa de la presencia de la bestia, que huye. El alcalde pierde su paciencia y pide a Bolívar que actúe solo, lo cual él acepta. Cuando encuentra al felino, el viejo hace amago de huir y la hembra lo tira al suelo sin atacarlo. Tristemente, le muestra al macho agonizante: Bolívar acaba con el sufrimiento de este, como desea la hembra ocelote, que después desaparece.

Mientras duerme en una canoa dada la vuelta, Bolívar sueña con una bestia que se transforma. El hechicero shuar le dice que se trata de la muerte y que hay que cazar al animal onírico que se encuentra sobre la canoa. El viejo se despierta y constata que el ocelote está ahí, encima de él. Cuando el hombre sale, ella le ataca. En el apogeo del salto del felino, él lo mata.

ESTUDIO DE LOS PERSONAJES

ANTONIO JOSÉ BOLÍVAR PROAÑO

Antonio José Bolívar Proaño es el personaje principal de *Un viejo que leía novelas de amor*. Nacido en la montaña, es un anciano ilustre de aspecto nervioso cuya edad es un misterio. En El Idilio, vive solo en una minúscula cabaña de bambú donde pasa su tiempo leyendo.

En la pared, podemos admirar una fotografía artística que los representa a él y a su difunta esposa, Dolores Encarnación del Santísimo Estupiñán Otavalo, a la que conoció en San Luis cuando era un niño. Para gran desesperación de ambos, Dolores no se queda embarazada y, como los chismorreos aumentan, la pareja decide cambiar de aires. Tras semanas de viaje, llegan a El Idilio, donde les ofrecen dos hectáreas de selva en su condición de colonos. Desgraciadamente, dos años más tarde, Dolores fallece a causa de la malaria.

Debido a este acontecimiento, Bolívar persigue un sueño: vengarse de esta «región maldita» (Sepúlveda 2007, 44) que es la Amazonia. Pero empieza a frecuentar a los shuar, aprende su lengua y comienzan a gustarle «aquellos parajes sin límites y sin dueños» (Sepúlveda 2007, 45) que le hacen sentir libre. Los indios le enseñan tanto la vida en la selva amazónica como sus usos y costumbres:

> «La vida en la selva templó cada detalle de su cuerpo. [...] Sabía tanto de la selva como un shuar. Era tan buen rastreador como un shuar [...], pero no era uno de ellos» (Sepúlveda 2007, 50).

El viejo es una persona fiable a la que todo el mundo escucha y respeta. Su avanzado conocimiento sobre la selva y el pueblo primitivo le permite incluso contradecir al alcalde, con el que no se entiende bien. No han sido los shuar los que han matado a los hombres que han encontrado muertos, sino una hembra de ocelote a la que él seguirá la pista y matará, valiéndose de todo lo que le enseñaron. Bolívar es un cazador justo, una cualidad que ha heredado de los indios: una vez ha abatido a la bestia, se siente envilecido y profundamente apenado. De hecho, sabe que si el felino ha matado a todos esos hombres, solo es porque uno de ellos había herido al macho y se había llevado a sus cachorros.

NUSHIÑO

Nushiño es un indio que se convierte en el mejor amigo de Bolívar. Igual que él, viene de lejos y los shuar se encargaron de curarle: llegó al hogar de estos inconsciente, con una bala en la espalda debido a la expedición de unos militares peruanos. Es un hombre fuerte que «nadaba desafiando a los delfines de río» (Sepúlveda 2007, 49), así como una persona clemente y alegre.

Un día, unos aventureros extranjeros le disparan antes de desaparecer: él agoniza y muere. El viejo le vengará, lo que provocará que el pueblo shuar lo expulse por no haber respetado sus costumbres. Así, la vida de Bolívar cambia radicalmente: de su existencia colectiva solo le quedan los recuerdos que guarda en la memoria mientras se ve obligado a aprender a vivir en solitario.

RUBICONDO LOACHAMÍN

Hijo «ilegítimo de un emigrante ibérico» (Sepúlveda 2007, 12) es un dentista que, cada seis meses, se marcha a El Idilio con los marineros del Sucre. Instala su sillón en el muelle del puerto para arreglarles los dientes a los habitantes, que esperan su llegada con impaciencia. A fuerza de maldiciones, este doctor anestesia verbalmente a sus pacientes que se quejan del dolor. Loachamín solo afirma lo siguiente: es culpa del gobierno. Contestatario y de carácter fuerte, anarquista desde su juventud, detesta a los gringos y toda forma de autoridad: «¡Quieto, carajo! ¡Quita las manos! Ya sé que duele. ¿Y de quién es la culpa? ¿A ver? ¿Mía? ¡Del gobierno!» (Sepúlveda 2007, 13-14).

Cuando regresa, debate con su amigo Bolívar sobre el tiempo pasado mientras degustan vino. Ocupa un papel crucial en el relato, puesto que es el principal proveedor de novelas para el viejo.

EL ALCALDE

Es el «único funcionario [y] máxima autoridad» (Sepúlveda 2007, 23) de El Idilio. Este hombre obeso que no para de transpirar, una característica física que le da el apodo de «Babosa», aterrizó en el pueblo porque fue el causante de una malversación de fondos en una gran ciudad de la montaña. Ávido de dinero, tiene la manía de gravar con impuestos a sus habitantes. Como egoísta que se aprovecha de su posición, es odiado y despreciado por la comunidad. Su predecesor, asesinado a machetazos por unos buscadores de oro, sí era apreciado, especialmente gracias a su lema: «Vivir y dejar vivir» (Sepúlveda 2007, 24).

El alcalde pega a su mujer autóctona porque está seguro de que esta le embruja. Tiene varias manías: si no bebe Frontera y aguardiente como todos en El Idilio es porque está convencido de que estos alcoholes son la fuente de sus pesadillas. Es un personaje que vive «acosado por el fantasma de la locura» (Sepúlveda 2007, 24).

A pesar de que parezca que no tiene corazón, el alcalde también tiene sentimientos. Es amante de la cerveza y tiene sus propias reservas. Bebe mucho, pero lentamente, ya que sabe que «una vez terminada la provisión la realidad se tornaría más desesperante» (Sepúlveda 2007, 23).

CLAVES DE LECTURA

UN HIMNO A LA LECTURA

Desde el título, nos imaginamos que la novela abordará el tema de la lectura a través de su personaje principal, Antonio José Bolívar. El viejo es un apasionado de las novelas de amor, textos de los que lee minuciosamente cada frase, cada palabra, cada sílaba, «como si las paladeara» (Sepúlveda 2007, 37) a semejanza del vino que le acompaña durante las horas dedicadas a esta actividad.

Ocupado constantemente durante su vida con los shuar, al principio no siente la necesidad de leer. Es en El Idilio, cuando se encuentra solo, donde comienza la historia del hombre que se encuentra por primera vez con el universo de los libros:

- el importante descubrimiento de su capacidad de leer tiene lugar el día en que los funcionarios gubernamentales están de paso por las elecciones. Puesto que Bolívar sabe leer, puede votar;
- intrigado por su nueva aptitud, el protagonista, sin embargo, no tiene a mano nada que hojear. El alcalde le presta algunos periódicos a regañadientes, pero el viejo no encuentra en ellos ningún interés;
- cuando un sacerdote llega a El Idilio es cuando Bolívar descubre la existencia de los libros. Listo para partir, el cura espera en el muelle, donde lee una vieja biografía de San Francisco de Asís. Mientras dormita, el viejo toma prestada su obra, que le resulta muy placentera. La mar-

cha del sacerdote despierta sus ganas de ojear relatos;

- Bolívar se dirige a El Dorado, donde el dentista le presenta a la institutriz del pueblo, quien posee una biblioteca que el viejo se pasa cinco meses consultando a fin de forjar su propio perfil como lector;
- descubre su pasión por las novelas de amor. *El rosario* de Florence L. Barclay (escritora inglesa, 1862-1921) es su primera revelación porque en ella encontramos todos los ingredientes que a él le gustan: amor, alegría, pena y final feliz.

Si bien la lectura ocupa los solitarios días del viejo en El Idilio, también le ayuda a «olvidar la barbarie humana» (Sepúlveda 2007, 137) y a cicatrizar las heridas del pasado «dejando los pozos de la memoria abiertos para llenarlos con las dichas y los tormentos de amores más prolongados que el tiempo» (Sepúlveda 2007, 71).

El comienzo del capítulo 6 está dedicado al acto de la lectura. Bolívar lee el íncipit de una novela de amor mientras el narrador evoca sus impresiones y reflexiones:

- la lectura le permite al viejo conocer mejor el mundo (a veces, le es difícil imaginar ciertos elementos: por ejemplo, se pregunta qué es una góndola);
- Bolívar infiere y deduce para comprender el sentido de algunas palabras;
- identifica el papel de los personajes de la novela;
- se sorprende del beso que intercambian los amantes y lo relaciona con su experiencia personal con su mujer Dolores;
- está preocupado por no poder representar Venecia.

En el capítulo 8, lo que se celebra es la lectura colectiva y compartida. Una noche, el viejo se pone a leer. Entonces sus compañeros se sienten intrigados por el objeto del libro y le piden que lea en voz alta. Todos lo escuchan, incluido el alcalde. Con total sutileza, Bolívar explica que su relato habla del amor que hace sufrir y uno de sus compañeros profiere: «No jodas. ¿Con hembras ricas, calentonas?» (Sepúlveda 2007, 112). El viejo se enfada por su patanería. Entonces, todos juntos, debaten sobre el vocabulario que no comprenden e intercambian sus «opiniones salpicadas de anécdotas picantes» (Sepúlveda 2007, 113). Poco a poco van arrojando luz sobre la penumbra de sus dudas. En cambio, siguen sin encontrar explicación en lo que concierne a la ciudad de Venecia. Entonces, es el alcalde quien toma la palabra, puesto que es un hombre instruido.

DOS CULTURAS CONTRASTADAS

En la novela de Sepúlveda se presentan dos culturas muy diferentes. Cada una de ellas ocupa un lugar específico:

- en la selva amazónica viven los indios shuar, que representan más generalmente a los pueblos primitivos, pero también el ocelote hembra, que puede considerarse como el símbolo de la resistencia al invasor;
- en El Idilio, encontramos a los colonos, al alcalde, a los gringos, a los buscadores de oro y a los jíbaros (nombre que los conquistadores españoles dieron a los autóctonos rechazados por los shuar, su propio pueblo, porque, según decían, los blancos los habían envilecido). Todos amenazan el orden que reina en la Amazonia.

En la intersección de estas dos culturas se encuentra Antonio José Bolívar: es un colono, pero ha vivido mucho tiempo con los indios, de los que ha heredado su amor por la fauna y la flora.

Los shuar conocen en profundidad la selva amazónica y sus numerosos aspectos. No ocurre lo mismo como los colonos, que, cuando comienzan a vivir en El Idilio, muestran muy rápidamente su incompetencia: algunos mueren a causa de la fiebre, intoxicados por frutos venenosos o tragados por una serpiente. Los demás luchan contra la lluvia, los mosquitos, las bestias, etc. Los indios, que sienten pena por ellos, les enseñan a cazar, a pescar, a construir cabañas sólidas, a recolectar frutos comestibles y a vivir en la selva en general. Según Bolívar, los shuar son «[s]impáticos como una manada de micos, habladores como los papagayos borrachos, y gritones como los diablos» (Sepúlveda 2007, 45).

La desgracia de Bolívar es tener que dividirse en dos porque no es ni un auténtico shuar ni un colono devastador, aunque ninguna de las dos culturas tiene secretos para él. Puesto que conoce estas dos civilizaciones en profundidad, el viejo es tremendamente respetuoso. Sin embargo, el destino quiere que, contra su voluntad, ponga en peligro su integridad convirtiéndose en el cazador injusto que nunca fue. Involuntariamente, se ve obligado a matar al ocelote, que se había vengado de sus verdugos. Cuando cumple su misión, tiene «los ojos nublados de lágrimas» y «arroj[a] con furia la escopeta [...] sin gloria» (Sepúlveda 2007, 136).

UN COMPROMISO POLÍTICO Y ECOLÓGICO

Aunque a través del título de la novela resulte imposible sospechar cualquier parcialidad política y ecológica, no sucede lo mismo con su doble dedicatoria. De hecho, la novela está dedicada a Chico Mendes (1944-1988), un amigo de Luis Sepúlveda al que este describe como «uno de los más preclaros defensores de la amazonía, y una de las figuras más destacadas y consecuentes del Movimiento Ecológico Universal» (Sepúlveda 2007, 9). Pero el autor también se la dedica a Miguel Tzenke, «síndico shuar [...] gran defensor de la amazonía» (Sepúlveda 2007, 11).

Además, a través de ciertos personajes, y particularmente de los gringos, los buscadores de oro y el alcalde, Sepúlveda representa la colonización forzada y la devastación de la selva amazónica, lo cual denuncia. Los colonos cada vez son más numerosos a medida que avanza la historia, y, con ellos, las máquinas. No tienen escrúpulos y se instalan sin preocuparse de las costumbres del pueblo shuar y de la fauna. Los indios se ven obligados a migrar hacia el este, igual que las especies animales cuando no desaparecen.

Sin embargo, esta imagen negativa es atenuada en el personaje de Bolívar, gran conocedor y defensor de la Amazonia: el viejo «mald[ice] al gringo inaugurador de la tragedia, al alcalde, a los buscadores de oro, a todos los que emputecían la virginidad de su amazonía» (Sepúlveda 2007, 137). Asimismo, Bolívar, que es el primer apellido de Antonio José, es un homenaje a Simón Bolívar (1783-1830), un general venezolano apodado «Libertador» por haber emancipado a

América del Sur de sus invasores.

PISTAS PARA LA REFLEXIÓN

ALGUNAS PREGUNTAS PARA PROFUNDIZAR EN SU REFLEXIÓN...

- En la novela están representadas dos formas de lectura. ¿Cuáles son y cuáles son sus funciones?
- ¿Por qué podemos decir que Bolívar se sitúa en la intersección de dos culturas?
- Esta novela representa dos universos totalmente diferentes: el mundo de los colonos y el de los indios. ¿A través de qué personajes se representan? ¿Cómo se representan estos dos mundos? ¿Piensa usted que el autor se muestra crítico respecto a uno o al otro?
- ¿Para qué sirven las dos dedicatorias del libro?
- Esta obra ha recibido un premio a la mejor novela de evasión. Según usted, a este respecto, ¿qué hace que sea una novela de aventuras?
- En su opinión, ¿por qué Sepúlveda optó por un relato que no sigue el orden cronológico?
- Dos palabras reaparecen frecuentemente: los verbos «comprender» y «aprender». ¿Piensa usted que son claves para interpretar el relato?
- Compare la novela con su adaptación cinematográfica. ¿Le parece que es fiel al texto?

¡Su opinión nos interesa!
¡Deje un comentario en la página web de su librería en línea,
y comparta sus favoritos en las redes sociales!

PARA IR MÁS ALLÁ

EDICIÓN DE REFERENCIA

- Sepúlveda, Luis. 2007. *Un viejo que leía novelas de amor.* Barcelona: Tusquets.

ADAPTACIÓN

- *El viejo que leía novelas de amor.* Dirigida por Rolf de Heer, con Richard Dreyfus. 2001.

EN RESUMENEXPRESS.COM

- Guía de lectura de *Historia de una gaviota y del gato que le enseñó a volar* de Luis Sepúlveda.

ISBN ebook: 9782806283825

ISBN papel: 9782806286758

Depósito legal: D/2016/12603/605

Cubierta: © Primento

Libro realizado por Primento*, el socio digital de los editores*